TWO WAVES OF TWO DOVES' WINGS

Две Волны Голубиных Двух Крыльев

ELENA MALYSHEVA (BERNATSKAYA)

Two Waves of Two Doves' Wings
Copyright © 2023 by Elena Malysheva (Bernatskaya)

All rights reserved. No part of this publication may be reproduced, distributed, or transmitted in any form or by any means, including photocopying, recording, or other electronic or mechanical methods, without the prior written permission of the author, except in the case of brief quotations embodied in critical reviews and certain other non-commercial uses permitted by copyright law.

Tellwell Talent
www.tellwell.ca

ISBN
978-0-2288-9660-9 (Paperback)
978-0-2288-9661-6 (eBook)

Table of Contents

Две волны голубиных двух крыльев... 1

Еще вольготнее дышать... 2

Курится нежный фимиам 3

Старым домам Владивостока 4

Туманный пояс геральдический 5

Осыпались крылья лазурные 6

Этюд в алых тонах в парке 7

Бисерной кистью обводит деревья туман 8

Розовый снег заката 9

Мир далекий застыл горизонта............................... 10

К проливу Босфор Восточный 11

Снегопад в октябре 12

Покачиваясь гидрой многоглавой… 13

Свежим жаром пышет ветер… 15

Мы в подземелье у зимы глубоком… 16

Нас холодом утро накормит… 17

Утро, День, Вечер 18

Небо от холода ломкое... 19

Дальневосточное, дальнее 20

Расстрел 21

Из света, воды и мороза… 22

Локон цвета индиго… 23

Обрушит Ниагару блеска....................................... 24

Густеет кровь в сосудах моря 25

Ива 26
Сентябрь. Голубая полынь… 29
Стихи О Канаде 30
Крещение 32
Путь Звездами Густо Усеян.. 33
Воспоминание о Владивостоке 34

Предисловие

Поэзия в современном литературном мире не собирает миллионов поклонников, а поэты не становятся кумирами. Но тем прекраснее, что она продолжает жить. Ведь настоящая поэзия ловит отголоски вечности в мелькании обыденных дней, показывает красоту привычного окружения, приоткрывает гармонию бытия.

Поэты пишут новые стихи, выходят новые сборники стихотворений, и для редких, тонко чувствующих ценителей по-прежнему есть возможность открыть для себя новые имена.

Елена Малышева – православный автор. Она родилась у моря и прожила большую часть жизни во Владивостоке. И потому неудивительно, что именно этот город и окружающая его природа, точно в зеркалах, отражаются в стихотворениях представленного читателю сборника.

Авторский взгляд на мир удивительно поэтичен, и это напрямую отражается на восприятии самых обычных вещей – студеного ветра, гуляющего по улицам города, морозных узоров на окне, волн и бликов морского залива, вереницы старых домов, притулившихся где-то в забытом Богом краю... Казалось бы – такая малость в картине жизни. Но каждая из подобных вещей рождает целую гамму чувств, мыслей и образов, которые автор умеет донести через слово. Ведь невозможно увидеть на берегу позабытый старый корабль и не задуматься – откуда он здесь? что было в его прошлом?..

Стихотворения Елены предельно метафоричны, написаны ярким, образным языком и наполнены истинной любовью к миру в любом его проявлении. Любовью и смирением перед чудом жизни.

Отчасти сборник «Две волны голубиных двух крыльев» похож на калейдоскоп. Перед читателем мелькают события, воспоминания. Здесь – осенний пейзаж, тут – картина морского побережья, потом вдруг – осознание конечности жизни, видение картин прошлого, грусть о трудном настоящем… История Дальнего Востока полна и свершений, и трагедий, и это тоже нашло отражение в строчках сборника. Как и новая родина Елены – суровая и прекрасная Канада.

Однако глубокое неразрывное чувство связывает автора с оставленным Владивостоком, и это ясно показывает завершающее книгу стихотворение, посвящённое любимому городу. Удивительная чистота, сила и ликование чувствуются в его строках. И невольно заражаясь этим напором, читатель закрывает книгу с искренним и ярким напутствием автора: *«Лети ж, над волнами качаясь, // Забыв о суете мирской…»*

Поэзия выводит нас из мирской суеты, напоминая о по-настоящему важных вещах. Поэзия говорит напрямую с нашим сердцем.

Светлана Первая,- главный редактор «Школы Вдохновения»

Две волны голубиных двух крыльев...

Две волны голубиных двух крыльев
В родниковой небес глубине
Поднимаются ввысь. Переливы
От морской синевы к белизне
Затихают. Любимец стихии
С сердцем полдня мистически слит,
И на землю, в лучей серпантине,
Благосклонно взирает зенит.

20.01.2010

Еще вольготнее дышать...

Еще вольготнее дышать
В октябрьских бесконечных залах
Пирует в небесах Валгалла,
Свирепых ветров злая рать
И тополь в листьях-парусах
Несется в шелесте гремящем
Сквозь вал волны, вперед летящей
В туманно-светлых небесах

15.10.2009

Курится нежный фимиам

Курится нежный фимиам
Над чашей облачной рассвета
Еще живет и дышит лето,
Хоть недалеко и зима...

И в равновесьи этих сил
Рождается пейзаж чудесный:
Осенний город, двум не тесный,
Тепло и холод примирил.

И в мягком запахе травы
В ажурно-светлых перелесках,
Покоя застывают фрески
Осенним солнцем рождены.

5.10.2009

Старым домам Владивостока

Как музыка старинная печальна,
Мозаика забытых этих стен,
Где мягкость известковая прощает
Все кровные обиды перемен

Кирпичной кладки стойкость уж размыта,
Как губка, крыш орнамент источен,
Лавандовая охраняет зыбкость
Покой высоких пасмурных окон

Коснись поверхности шероховатой
Где время тянет прошлого магнит
И воздух напоен солоноватый
Тем чувством, что с землею нас роднит.

21.10.2009

Туманный пояс геральдический

Туманный пояс геральдический,
Свидетель мировых начал,
Рекой времен доисторических
Разлился в небо океан.

Его дыханье дарит свежестью,
И чайку носит в вышине,
И удивляет нас безбрежностью,
И манит дымкой вдалеке

Плеск волн, как музыка ласкающих,
под бледной полдничной луной,
чуть свысока нам позволяющих
Слить кровь с своею ледяной.

10.10.2009

Осыпались крылья лазурные

Осыпались крылья лазурные
утренних солнечных сфер
Мусор блистающий света на склонах дороги лежит
Мутных балконов напротив
стеклянная выпукла твердь
И на минуту заря в них победу свою отразит

Старых домов череда как
кондитерский выставлен ряд:
Этот вблизи—весь засахаренный мандарин,
Те вдалеке—неостывший еще шоколад,
Лес дымоходов как свежий дымится бисквит.

Миг чаепитий волшебных с коричной листвой,
С холодом ветра лимонным и сливками туч--
Мир заливает кипящий осенний настой,
С привкусом стужи и меда разлившийся ключ.

25.10.2009

Этюд в алых тонах в парке

В парке листва потекла вулканической лавой
Светло-малиновых рек не видать берегов
Между ветвей словно лампы горят вполнакала,
Рваные клочья тафты бронзовеют дубов.

Заревом тихих костров полыхает земля,
Кленов на солнце искрится коралловый риф.
Золотом светят сквозь них вдалеке купола—
Мир, утонувший в кристалле осенней зари.

26.10.2009

Бисерной кистью обводит деревья туман

Бисерной кистью обводит деревья туман,
Эхо далеких снегов небеса наполняет,
Белый покой, нерушимая снов тишина
Сбрызнута золотом жухлым деревьев усталых.

Легкостью влажной плескает в лицо ветерок,
Треплет трехцветные флаги листвы бересклета...
Путь до зимы неприкаян и так же далек,
Как от вечерней зари до сиянья рассвета.

29.10.2009

Розовый снег заката

Розовый снег заката
Осыпает медленно запад,
А ночь уж совсем сгустилась
У осени черных туч…
Как жаль что навеки скрылась
Дня золотая лампада,
И гаснут осени крылья.
Как этот последний луч

05.11.2009

Мир далекий застыл горизонта

Мир далекий застыл горизонта
В серебристом мельканьи ветвей…
Свод небесный в хрустальных изломах,
Источает лазурь все сильней.

Мелких луж у подъезда явленье —
Дождь ночной добела все отмыл
И последней листвы ожерелья
Разорвав, на асфальте забыл.

Этим днем овладей безраздельно,
Октября ветряная качель,
Чтоб на миг не замедлить паденье
В бриллиантовый холод лучей.

30.10.2009

К проливу Босфор Восточный

Опять фигурной этой чаши
Нас удивляет светлый вид:
Лазурной поступью разглажен,
И солнечным ручьем залит,

Здесь берег в незаметно тает.
Незамутненных вод кристалл
Как шлейф подводный, колыхает
Ветвящейся травы коралл.

Здесь вечно юные ворота,
Стран азиатских позолота,
Раскрыты жаждущим глазам,

И голубой венок сонета
Преобразит хвалу поэта
В океанический бальзам.

05.11.2009

Снегопад в октябре

Колкая дрожь снегопада деревья знобит
Все погружая в забитую, робкую глушь
Паводок снежный с невидимых глазу орбит
Топит дома-корабли в синеватую тушь...

Ну а над площадью ветра виолончель
Юную кружит метель в ослепительных па,
Пол ледяной отражает каскады лучей,
Лестницей в небо уходит ночной снегопад.

Утро. Созиждён на стёклах хрустальный дворец,
В будничном небе ни следа от вьюжных безумств,
И как истории странной печальный конец,
Свежие листья венками лежат на снегу.

10.11.2009

Покачиваясь гидрой многоглавой…

Покачиваясь гидрой многоглавой,
Чарует нас осенний старый парк,
Весь в чешуе листвы багрово-алой,
Шуршащей, уползающей в овраг.

Немеют руки стылого рассвета,
Немеет взгляд—последнее «прости»
Издалека как будто шепчет лето
Над лентой бесконечного пути...

Прости и помни—в этой дивной сини
Октябрь-чародей — неуязвимый --
И походя приковывает нас—

Но осени колеблется основа,
Биение сердца черно-золотого,
Ведь близится ее последний час.

11.11.2009

* * *

Осень поздняя, нас покидая,
Напоследок ты нам подари
Чтоб расстались с тобой, не страдая—
Первый снег, талый лед, свет зари:

Вспыхнет снега искрящийся порох,
Чуть сожми посильнее ладонь
Этот звездчатый тающий ворох
Как крапива стрекает –не тронь!

Бродит сок ледяных виноградин
И, из труб водосточных, звеня,
Пусть сосуд этот и непригляден,
Щедро льется вино ноября.

И деревья к заре расправляют
На лазурном экране небес
Золотистую сеть капилляров,
Тонких прутиков нитчатый лес.

20.11.2009

Свежим жаром пышет ветер...

Свежим жаром пышет ветер,
И дома, как калачи,
Остужают пыл столетий
В голубой Зимы печи.

Кто задумчивый свой разум
Чуткой кладке передал,
Чтоб не слышавшим ни разу
Он хоралом прозвучал,

Но такого музыканта
И не пустят на порог,
Если с солнечным закатом
Золотой играет Рог.*

*Золотой Рог-- залив тут у нас,
во Владивостоке, часть Японского моря

13.01.2010

Мы в подземелье у зимы глубоком…

Мы в подземелье у зимы глубоком…
Здесь амфор с холодом повсюду серебро,
По снегу свежему как по речной протоке,
Бредем почти по пояс вброд.

Но белизна японского фарфора
В обкатанной пластичности равнин
Вдруг рушится, не выдержав напора
Протекторов вгрызающихся шин.

28.12.2009

Нас холодом утро накормит...

Нас холодом утро накормит
И ранней порой января
От холода злого укроет
Сиянием алым заря.

Не так небеса неприступны,
Не так их стена высока,
То ветра, то света уступы--
Легко их находит рука.

И вот я на верхней площадке,
Откуда к нам сходят лучи,
Под облачной, тающей аркой--
Чуть город внизу различим...

Брожу в серебре по колено,
Везде разливается свет
Клубящейся солнечной тенью
Все ближе ликует рассвет!

И вниз я гляжу осторожно,
Как в сумерках розовых тех,
Земля примеряет мороза
Блестящий игольчатый мех...

1.01.2010

Утро, День, Вечер

Утром марлей белою окна занавешены,
Сквозь зернистость нежную льется день едва
Но дома и улицы манят посветлевшие,
Из наркоза вырваны зимней ночи сна.

Вставив зимней радуги в окна переливы,
День яснит нам зрение, убыстряет кровь.
И ветвей заснеженных так пушисты взрывы,
Словно на параде этот замер строй.

К вечеру полотнища снега полетели:
Возгласы неясные, вспышки без огня…
Видно, как безликие ангелы метели
На руках возносят к небу тело дня.

16.11.2009

Небо от холода ломкое...

Небо от холода ломкое
В щеки нам дышит мороз
Тихо ползет по-над сопками
Словно тащили их волоком,
Домиков старых обоз.

Крошками грусти готической
Дышат—питают—живут.
Может обман то оптический,
Нет и следа в них величия—
Вызнать уже недосуг…

Меченый алыми брызгами
Выбоин, стен, косяков
Окнами-щелями рыскает
В этом пейзаже замызганном
Прошлых веков перископ.

18.12.2009

Дальневосточное, дальнее

Дальневосточное -- дальнее,
Дальше уж только Китай--
Смесь бредовая в названиях,
Чуждый нам дух и словарь...

Это конечная станция,
Тих привокзальный перрон,
С сотнями тысяч расправиться--
Трудный же был перегон

Мы и не знаем как присталeн
Омут последних минут
Слепит зарницами быстрыми--
Вот твой последний приют…

Быть и не надо пророчицей—
Поезд пойдет под откос,
Русского духа источники
Станут источники слез.

24.12.2009

Расстрел

Встань, рассчитайся, на первый — второй,
Алое солнце давно за горой,
Ты на поруках, ты небу не враг,
Но на груди расцветёт алый мак…

Ток между пальцев, ни сжать, ни унять,
Памятный росчерк ушедшего дня,
Вышит крестом и навек впечатлён
В сборчатый, смятый, простреленный лён.

05.05.1995

Из света, воды и мороза…

Из света, воды и мороза
Была создана эта роза.
Сожмешь ли в руке лепесток--
Струится прозрачный поток…
Не холодно, просто щекотно-
И тает она так охотно
Чтоб новую форму найти
И заново в ней расцвести…

14.12.2009

Локон цвета индиго…

Локон цвета индиго—
твой кружащийся вал,
Мчится ветра квадрига
На стихий карнавал.
Как в замедленной съемке
На вершине волны
Льда сияют заколки,
В синеву вплетены.
Шлейфы или вуали—
Бездны вьется наряд,
Только бы сны не сковали,
Пока силы не спят!
Бал морской околдован—
И меня он зовет,
Жаль, плохая обнова—
эта смертная плоть.

04.12.2009

Обрушит Ниагару блеска

Обрушит Ниагару блеска
С полуденных высот зенит,
Бесшумно—ни волны, ни всплеска—
Прозрачно-синим мир залит…

И вот земля подводной стала:
Будь снег — на отмели песок,
И матовые льда кристаллы
От жемчуга на волосок.

И сколько бы слава не гремела
Тщеславия земных владык,
Ее мы променяем смело
На царство чистое воды!

24.11.2009

Густеет кровь в сосудах моря

Густеет кровь в сосудах моря,
Устало зыблется вода …
В его почти потухшем взоре
Лиловая блестит звезда…
И старый, ржавчиной покрытый,
Не с царских ль чуть еще времен,
Корабль горбится забытый,
Надежно берегом пленен.

25.11.2009

Ива

Ива, полог шелестящей,
Струящейся голубизны,
Виденье водопадов спящих
при грезах сумрачной луны.

И меркнет шелк бледно-зеленый
в скользящих тенях и лучах,
И ветра поцелуй соленый
В молчанье ив немых речах?

Проснется холод длинных теней,
Сентябрь взмахнет своим крылом,
И шепот медленных молений
Вольется в песню о былом.

15.08.1989

* * *

Длинный, светлый и безмолвный,
Весь в скользящем блеске ночи,
Город спит среди туманов,
Белой гальки и песка.
Он взлетел от волн холодных
И уйдет туда с рассветом,
Унося в воспоминанье,
Плеск печальных ветра струй…

1989

* * *

Голтубоватых, бирюзовых
теней воздушный перелив,

Под ним-- хаос руин портовых...
За ними-- дремлющий залив.
За ним-- сражение морское,
разрывы и провалы туч--
все море силится с тоскою
Предел утраченный вернуть…

* * *

Сентябрь. Голубая полынь...

Сентябрь. Голубая полынь,
Зарослей глушь у заборов
Все дремлет, всюду пустынь
И трепет теней бирюзовых…

Солнечна дали печать
На горизонте забвенья,
Призраку света —сиять
Призрачностью привиденья

Облачных далей громады
В путь бесконечный плывут,
В край бесконечной прохлады
Кружево теней метут..

Смутно-серебряным ропотом
Ветер шлет гимн красоте

Стихи О Канаде

* * *

Струится ветер в отдаленьи,
Струятся воздух и вода,
Слепящий март в одно мгновенье
Преображает груды льда,

Дворцы, изломы глыб полярных
В игру потоков и лучей,
И дышит звонкостью стеклянной
Освобожденный вновь ручей.

Дрожащие сапфиры света
На снежных тают островах,
И теплотой весны согрета,
Земля кружится на носках...

15.04.2019

***

Дымный вкус воды озерной,
Темной глади глубина,
Перламутровые зерна
Принесла сюда волна…

Океанская красивей,
Солонистей, кружевней,
Но и с этой мглисто-синей
«Сердцу будет веселей»

Так легко-легко качаясь,
Зыбко, сонно, наугад,
Неустанно расточает
Свой жемчужный аромат.

Примерно лето 2018

Крещение

Когда серебряные трубы
Провозгласят начало дня,
И словно серафима губы
Коснутся пламенем меня--

В купель блистающего света
На благодатный миг спущусь,
И разрывая мглы тенета,
Навеки к Богу возвращусь,

Я стану хрусталем небесным,
Я стану пламенней огня--
Не говори, мне тут не место,
Не останавливай меня.

Июль 2022

Путь Звездами Густо Усеян..

Путь звездами густо усеян,
Так щедро их сыплет мороз--
Весь сад, тротуар и бассейн
Стал полем мерцающих роз…

Их вьюжит и кружит и сносит,
И сыплет опять через край--
Зима нам свой кубок подносит,
Дымящийся стужи Грааль,

И ели, драконы и стражи
В чешуйчатой тусклой броне,
Следят чтоб не вспомнили даже,
Не вспомнили мы о весне..

январь 2023

Воспоминание о Владивостоке

Как ты сияешь в волнах, в пене
и каруселях облаков,
к заре стремительно накренясь,
город - корабль, Владивосток...

Пришелец с запада далёкий
здесь к перепутьям дальних стран,
бескрайний, Тихий, синеокий
тебя выводит океан.

Лети ж, над волнами качаясь,
забыв о суете мирской,
в напоре ветреном венчаясь
на царство пеною морской.

2020

www.ingramcontent.com/pod-product-compliance
Lightning Source LLC
LaVergne TN
LVHW042004060526
838200LV00041B/1871